Pour Hannah
toute seule
M.W.

Pour Georgie,
et Eddie Huntley
P.B.

Traduit de l'anglais
par Isabel Finkenstaedt

Titre de l'ouvrage original :
OWL BABIES
Éditeur original :
Walker Books Ltd., London SE11 5HJ
Texte © 1992 Martin Waddell
Illustrations © 1992 Patrick Benson
Tous droits réservés
Pour la traduction française :
© Kaléidoscope 1993
11, rue de Sèvres 75006 Paris France
Loi n° 49.956 du 16 juillet 1949
sur les publications
destinées à la jeunesse : mars 1993
Dépôt légal : mars 2016
ISBN : 978-2-877-67088-3
Imprimé en Chine

Diffusion l'école des loisirs
www.editions-kaleidoscope.com

Bébés chouettes

Texte de
Martin Waddell

Illustrations de
Patrick Benson

kaléidoscope

Il était une fois trois bébés chouettes :
Sarah, Rémy et Lou.
Ils vivaient dans un trou
de tronc d'arbre
avec leur maman chouette.
Dans le trou il y avait
des brindilles et des feuilles
et des plumes de chouette.
C'était leur maison.

Une nuit ils se réveillèrent
et leur maman chouette
était PARTIE.

« Où est maman ? » demanda Sarah.

« Oh, mon Dieu ! » dit Rémy.

« Je veux ma maman ! » dit Lou.

Les bébés chouettes se mirent
à réfléchir (toutes les chouettes
réfléchissent beaucoup) –
« Je crois qu'elle est partie chasser », dit Sarah.
« Pour nous rapporter à manger ! » dit Rémy.
« Je veux ma maman ! » dit Lou.

Mais leur maman chouette ne rentra pas.
Les bébés chouettes sortirent
de leur maison, s'assirent
sur l'arbre et ils
attendirent.

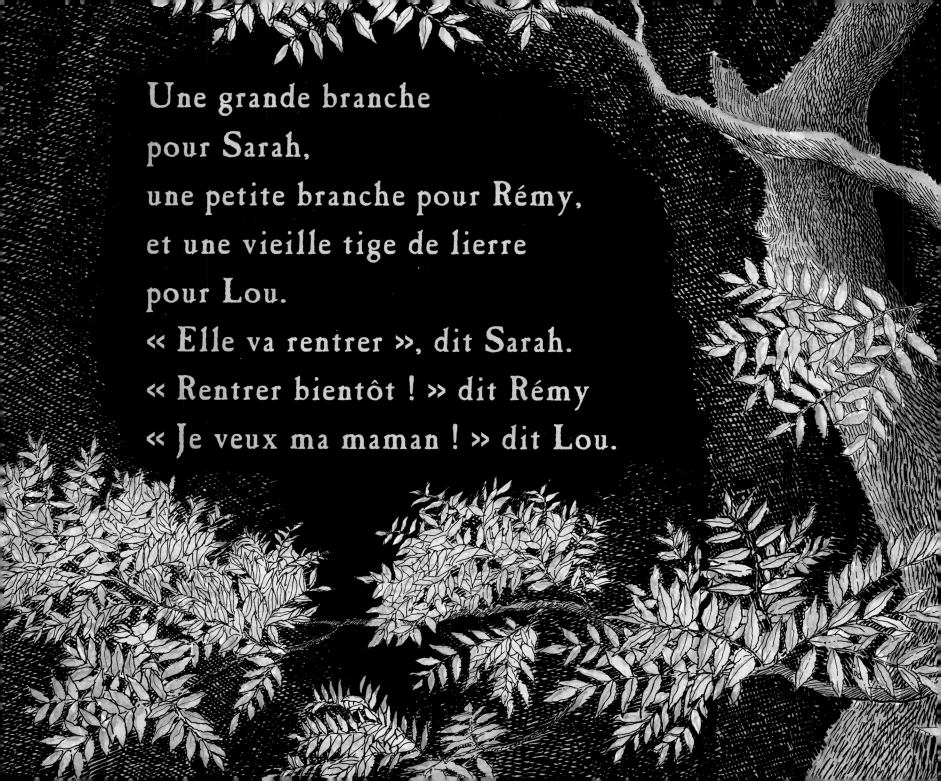

Une grande branche
pour Sarah,
une petite branche pour Rémy,
et une vieille tige de lierre
pour Lou.
« Elle va rentrer », dit Sarah.
« Rentrer bientôt ! » dit Rémy
« Je veux ma maman ! » dit Lou.

Il faisait noir dans le bois et
il leur fallut du courage
parce que ça grouillait
tout autour d'eux.
« Elle va nous rapporter
des souris et d'autres
bonnes choses », dit Sarah.
« Je suppose ! » dit Rémy.
« Je veux ma maman ! » dit Lou.

Assis, ils se remirent à réfléchir

(toutes les chouettes réfléchissent

beaucoup) –

« Je pense que nous devrions tous

nous mettre sur ma branche », dit Sarah.

Et c'est ce qu'ils firent,

tous les trois ensemble.

« Imagine qu'elle se soit perdue »,
dit Sarah.

« Ou qu'un renard l'ait mangée ! »
dit Rémy.

« Je veux ma maman ! » dit Lou.

Et les bébés chouettes fermèrent
leurs yeux de chouette et formèrent le vœu
que leur maman chouette rentrât bientôt.

Douce et silencieuse,
elle descendit à travers les arbres
jusqu'à Sarah, Rémy
et Lou.

« Maman ! » s'écrièrent-ils,
et ils battirent des ailes
et ils dansèrent
et ils sautillèrent
sur leur branche.

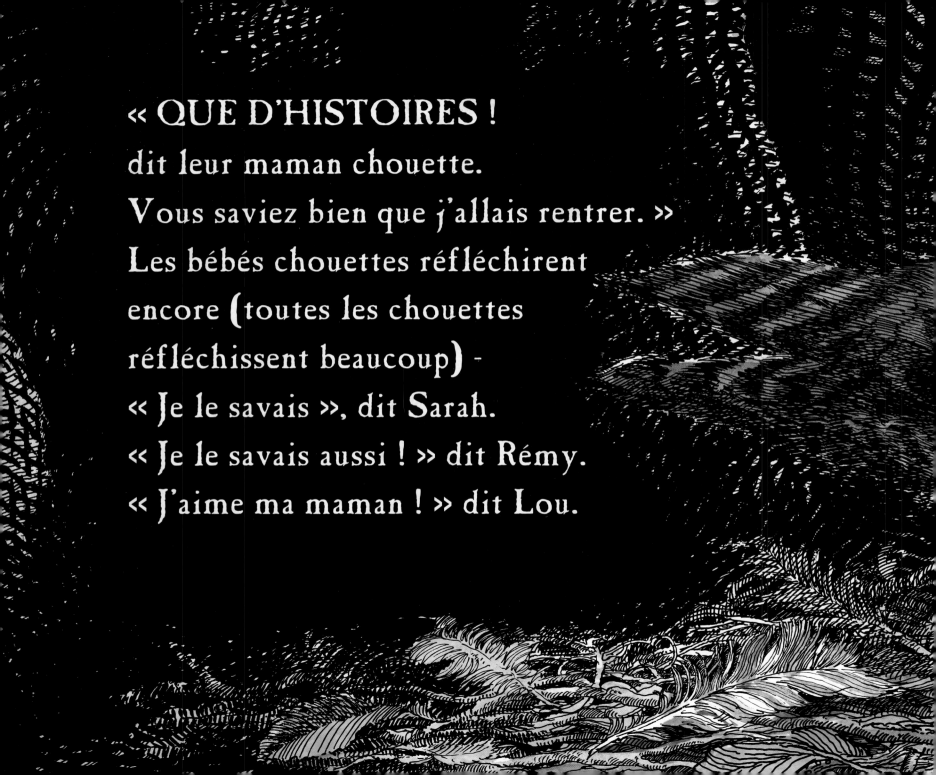

« QUE D'HISTOIRES !
dit leur maman chouette.
Vous saviez bien que j'allais rentrer. »
Les bébés chouettes réfléchirent
encore (toutes les chouettes
réfléchissent beaucoup) -
« Je le savais », dit Sarah.
« Je le savais aussi ! » dit Rémy.
« J'aime ma maman ! » dit Lou.